안부를 묻는 밤이 있었다

안부를
묻는 밤이
있었다

시인수첩 시인선 **023**

정 선 시집

문학수첩

낯선 봄,

황송한 봄.

소란 속 잔혹하게 피어나는 저 작것들.

아름다움을 아름다움으로

보듬을 수 있겠다.

| 차 례 |

2부

3부

4부

해설 | 김병호(시인·협성대학교 교수)

1부

말라가, 말라가

머리 위에 낡은 구두를 얹고
페르낭드를 시작해야지
말라가는 사랑을 발효하는 곳
자클린,
어디에서도 불거진 광대뼈로 말라가를 노래할 것이야

마름모꼴 눈동자에 동그란 점을 세 개 찍는다면
우리의 귀는 같은 방향으로 길어질까
도라, 묻고 물으면 물음표가 새처럼 날아올라 싱싱해
질까

말라가는 사랑이 농익어 잿빛으로 터지는 곳
그렇게 함축적으로…, 마리

오 센티만 기다리면 어둠이 새벽이 되고
낯섦도 설렘이 되는 말굽 모양 광장에서
예의 바른 파라솔에 침을 뱉고
오늘 아침 설교는 생략하기로

아름다움을 훼방 놓고자 하는 심리
과감하게 … 프랑수아즈,
엇박의 긴장을 즐기고 있어

어쩌면 뮤즈와 호구는 붓질 하나 사이
올가, 말라가는
꺼지지 않는 불이다
주체할 수 없이 솟아나는 붉은 마음을 읽는 거다

거친 붓질에 심장을 또 한 번 베이는
나의 페르낭드올가마리도라프랑수아즈자클린
그리고 … 에바들

안녕하세요 피카소 씨
아직 엔딩 크레디트를 올릴 수 없어요

보라는 아프다

햇빛이 하루 소임을 다할 때
숨죽인 짐승처럼
보라는 서녘 하늘에 제 거친 숨을 토해 낸다
한 호흡에는 열정을
한 호흡에는 절망을
그 많은 호흡들이 갈 곳을 몰라
때로는 먹구름으로 헤매고
때로는 뜨거움을 바다에 쏟으며 통곡하는 것을
바람은 뜬눈으로 기록한다

지산동 1975장 마당 높은 집
보라는 자꾸만 디귿자형 마당으로 흘러간다
뭐슬 잘혔다고 워디서 본데없이 햄부러
죽어도 나는 성님이라고 못 불르겠소
기어이 엄마의 머리채를 휘어잡던 그 여자
어허이 뒷짐 지고 헛기침만 하던 아버지
불룩한 배를 내밀며 퐁퐁다리를 건너가던
본데없는 년 울 엄마를 몬당허게 본 년

그 팔뚝을 물어뜯지 못한 열세 살 아이

보라는 도드라진 흉터와 기억들의 불순물
한 열정의 붉음과
한 절망의 푸름과
진흙탕을 뒹굴다 바닥까지 납작 엎드린 후
증오의 순도 깊숙이
염통의 피가 화학적 촉매제로 반응한
보라!
혹자는 애증이라 부른다
조금만 증오를 걷어 내면 붉은 기와가 붕어처럼 퍼덕
거려
제 처마를 잃어버리는 경계의 위태로움
차마 발설하지 못한 울타리의 배후
지금 코모도 걸음으로
느릿느릿 애증의 저녁이 온다
감정이 녹아 있지 않은 얼굴 위에 흐르는 빛
오랜 기다림 끝에 보라가 운다

날것의 보라
격렬한 후 쓰리다

고갱을 묻는 밤

그렇게 노랑을 묻었다

술과 책으로 흐르는 별밤을 묻었다

납득 못 할 몽유의 새벽을 묻었다

고독이 둥지 튼 상상을 묻었다

이상은 멀고 가까운 위선을 묻었다

먼 밀밭에서 붉게 피어난 아몬드를 묻었다

돌연변이를 일으키는 불온한 경계를 묻었다

독 오른 푸른 꽃과 호흡하는 경솔을 묻었다

고통을 품고 잠든 귀를 묻었다

마음을 귀로 믿어 버린 어리석음을 묻었다

의자 위에 흔들리는 촛불을 묻었다

저 홀로 늙어 가는 파이프의 미래를 묻었다

아홉의 일곱을 묻고 너에게

안부를 묻는 밤이 있었다

결핍을 죽이는 방식

나는 사랑을 구름에다 뿌렸고
이별을 바람에다 게재했다

널 위해 블루 도자기를 샀어
넘치는 블루를 이 도자기에 밀봉하고
너와 나의 꿈이 누드로 겹치길 바란다면

섹스 본능을 죽이는 갈색을 치워

배가 터지도록 연두를 흡입할 거야
연두는 아포리 티보 같은 식전주
마시고 마시면 연두도 날개가 될까
성형하는 못된 버릇은 버리자구
그렇다고 발밑에 펭귄 씨처럼 이쁜 조약돌은 놓지 마
온몸으로 대답해 줘
왠지 이 가을엔 키쓰를 잘할 수 있을 것 같지 않냐?

예전에 너와 난 서로 옆구리를 쓰다듬었지

관계는 쌓이는 것이 아니라
혀로부터 짧아지고 혀로부터 길어졌다
이별이 명예로운 날

세상은 저리도 붕가붕가해

로맨틱도 습관인 게야
증오할 대상을 잃어버릴 때쯤
풍경 안에서 죽기로 한다
유언은,
갈기를 완성하는 건 나의 몫이 아니었다

완성은 복장뼈로부터 온다

도대체에서 아말피까지

어떤 결정은 폭설처럼 덮쳤다

밤의 궁륭을 떠돌다 역설을 질문한다 도대체, 라고 묻기도 전에 미세먼지 속에서 꽃들은 피어났고 어차피 꽃들은 금세 흐를 것이었다 위태로운 문장들이 수작을 걸었다 어차피를 버리면 때 묻지 않은 아말피가 가까워진다고 그래 아무것도 캐묻지 않는다면 머잖아 내 넓적다리에서는 사과가 열릴지도 몰라

뻥 뚫린 옆구리에 주먹을 넣어 본다 옆구리는 아직 덜 아물었고 주먹은 더 이상 주장을 하지 않는다

사랑스런 아말피가 잠든 그곳에는 사심 없는 친절이 레몬 향으로 퍼졌다지 선글라스 속 음모도 태양으로 환하다지 목적 없는 돌멩이들은 대가도 없이 밤새 온몸으로 노래를 부르고 말이야

참담함도 모두 아름답게 장례하는

아, 말, 피.

사과를 버리자 내 곁엔 제자리에서 나고 자라고 죽는 나무나 풀밖에 남지 않아 너도 그렇니? 벨벳혁명을 꿈꾸는 게으른 자 아말피로 가자구

네가 베어 버린 온기

내가 짊어질 아픔

호의가 공기를 떠돌다 흔적 없이 사라지는 것을 여러 번 목격한 사람은 알지 미소 뒤의 폭력이 얼마나 끔찍한 지를 파도가 들려주는 전설에 맞춰 네 잇몸이 기타를 칠 때까지 요긴한 것은 한 줌 혁명뿐

내가 눈살을 찌푸리는 건

그나마 너에게 여지가 있다는 신호지

작업의 정석*

아ᄃᄃ 사랑은 요구하는 것이에요

나는 이런 혀를 좋아해요 이를테면 화르륵 타오르는 짚불 향기 낙지 빨판처럼 오톨도톨 민감 낭창낭창한 그러나 너무 들이밀진 말아요 육식은 역겨워 나는 채식주의자예요

아ᄃᄃ 보채지 말아요

먼저 무화과 잎사귀를 건사해요 점령은 오른손이 모르게 협상은 귓불에 감질나게 우리 잠깐 모퉁이를 돌아가요 저 몽돌밭에 직설로 앉지 말고 완곡으로 엉킬까요? W자로 업을까요?

아ᄃᄃ 과감히 자세를 바꿔 봐요

사랑은 물구나무서기 가랑이 사이로 변덕을 읽기 오후 3시와 3시 13분 너머 목덜미를 간질이는 기척 느끼기 갈비뼈를 헤집는 도파민 체포하기 허리를 직각으로 굽히고 엉덩이를 쭉 빼고 마지막 퍼팅을 해 봐요 자신감은 엉덩이 탄력에서 오는 것

아ᄃᄃ 사랑은 가려운 곳 긁어 주기예요

거기에 손닿지 않을 때 몸은 외로 틀고 발가락은 꼼질

꼼질 참을 수 없는 정점에서 팝콘처럼 튀겨져요
　아니아니 조금만 더 아니 바로 거기 응 응 그렇게
　아ᄃᄃ 아ᄃᄃ 삼 음절로 통해요
　아 잠깐 쉬가 마려워요

달걀 한 알

달걀을 받았습니다 달걀은 금이 가 흰자위를 흘리고 있었습니다 초점 없는 눈동자는 창밖 날짐승의 시간을 하염없이 통과했습니다 제 속이 곪아 자존이 줄줄 새는 줄도 모른 채 달걀은 무엇을 바라보았던 것일까요

흰자위는 근성이었고 자긍이었고 맥아리였습니다

달걀은 무심코 쳐다봐도 상처를 입습니다 눈빛에 온기를 듬뿍 담아도 눈빛은 튕겨 나갈 수 있습니다
달걀 파동 이후 사람들은 촉수가 예민해졌고 유기농과 무항생제와 '농가에서 자란 닭'이 낳은 달걀만 골라 갔습니다 차가운 눈길에 외면당하기 일쑤인 달걀은 세상에 대한 면역 결핍으로 자꾸만 제 안에 숨습니다 불안은 친구인 양 손 내밀어 등을 토닥토닥 쓰다듬어 주었습니다

꿈속을 굴러다닌 달걀은 맨질맨질합니다 켁켁, 숨구멍이 막혀 발버둥 칩니다 악취를 풍깁니다 가만히 귀 기울이면 속울음 아우성이 들립니다

무관심은 슬픈 폭력입니다

둥지가 깔끄러워 못살겠다던 달걀 스스로 껍질을 깨
보겠다고 뛰쳐나간 달걀 수상한 공기가 뭉쳐 얼굴에 박
태기꽃이 피었던 달걀 몸속 주머니가 많은 달걀 주머니
가 많아서 평생 몸속 방울 소리가 명랑한 달걀 그 공명
이 붉은 강을 이루는 달걀 붉은 강을 따라 흐르다 눈부
신 설산 아래 안락을 꿈꾸는 달걀 환한 안락을 위해 일
출과 일몰과 12월 24일을 견디는 달걀

깨진 달걀을 받았다는 것은 온몸의 세포들과 신경이
예속되었다는 것
더 이상 세상으로부터 다치지 말라고
썩어 가는 달걀의 곤내까지 감싸 품는 것이 어미 닭의
미련한 사랑입니다

달걀은 곧 너의 심장입니다

밥에 대한 질문

가자꾸나 막달라 마리아

지금은 상사화처럼 찢어진 네 옷을 벗을 때 당신의 울음은 쇼윈도에 물음표꽃으로 피어나고

소주는 초콜릿 너머 새벽으로 온다

마음은 둥글게 쓰다듬어야 자라는 법

살바도르 당신의 시간은 헝클어져서 좋아요 누가 하루를 스물넷으로, 일 년을 삼백육십오로 나눴을까요 쓸데 없는 시간이 쓰레기처럼 뒹구네요

나는 남녘에서 온 사람

북녘 방식으론 성이 차지 않아

알 수 없어요

바닥과 구름의 겹겹을

뚝배기와 스파게티의 간격을

돼지국밥과 꼬리곰탕의 의뭉을

그럴 수도 있고

그럴 수는 없고

분리가 되지 않는 밤

그런 겨울밤이 오면 샤갈의 마을이 불편하다

난 헬륨을 마시고 넌 산소를 흡입하고

때때로 고립은 보호장막

백신스키 거푸집처럼 단단한 당신의 뼈에 내 몸이 둥
지 틀 수 있도록 내 손을 잡아 줘요 아직도 세상은 괜찮
아요 곳곳에 사고다발지역도 많고

브루클린으로 가는 비상구*에 매달린 사람들

착한 섹스로 하루를 위안받는 연인들

몰핀 순간에 태양은 떠오르고

옷은 또 다른 의미를 생성하지

예스 하나로도 사랑은 충분하고

우린 결코 밤에 대한 질문을 벗어나지 못할걸

수십 년 감상적인 질문으로 나를 죽였던 거지

* 영화 제목에서 인용.

고흐, 리듬 앤 블루스

그랬겠지
아마도 그랬을 거야
그럼에도 불구하고 절망은 죄악이잖나

출출하군
맨 먼저 자네를 찾아 모자를 벗고
노란 다알리아꽃을 바치는 게 마땅하나
빈속으로는 저 찬란한 밀밭 위 태양에게 질식당할 것만
같아
나 홀로 풀밭 위의 식사를 즐기려네
자네가 누워 있는 너머 유채밭에서 말이야
아침 일찍 퐁투아즈행 기차를 타고 생투앙 로몬을 지나
오베르 쉬르 와즈역 앞, 거기 모로코 카페가 있더군
난 카페오레 한 잔으로 자네 맞을 준비를 했다네
카페 아래 마을로 가다 보면
공원 앞마당에 자네가 흔들리며 서 있더군
해진 청동 옷에 캔버스와 화구를 크로스로 멘 채
이리저리 골목을 헤매었을,

광대뼈 불거진 고집도 이곳에선 태양에게 녹아 항복했
을 터이고…
  꽃 속에 환한 시청사
  맞은편 자네의 한 평 다락방도 봄날엔 빛나는구먼
  마을 뒤 오베르성당 앞에 잠시 멈추었지
  그림이 성당인지 성당이 그림인지
  오솔길 너머 불타고 있을 밀밭 생각에 몹시 흥분됐다네

  며칠 전 아를에 들렀었지
  자네도 떠나고
  별빛 테라스도 문을 닫았더군
  론강 둑에 앉아 로제를 마시고
  저녁노을을 어르고 달래다 별밤을 뒤로했지
  자네가 그토록 원하던
  절대적인 휴식이 론강에 밤하늘에 넘쳐흘렀다네
  내 식사는 바나나 한 개 크루아상 하나
  그리고 와인 한 병
  어때 근사하지 않나?

자, 먼저 한 잔 받으려는가

저기 황톳길을 고개 숙이며 걷다가
사거리에서 서성이는 밀짚모자 쓴 한 사내
등짝을 치면 버럭 화를 낼 것 같은 강파른 사내
화구를 덕지덕지 둘러메고 수레국화 남빛처럼 파리한
사내

이 황톳빛 사거리에서 길을 잃었으면 좋겠네
도리어, 잃어버렸던 길도
잃어버리려 애쓰는 길도 이곳에선 또렷이 살아나는구먼

여기 누워 햇살을 아껴 베어 먹고
모처럼 단잠에 든 자네를 보니
내 어깨가 한결 가벼워지는 거야
눈물이 흐르네
오해하진 말게
이건 구 개월 뒤 자네 곁에 누운 테오에게 바치는 눈물

이라네
  한걸음에 좀 더 일찍 왔더라면
  자네의 가난을 한 스푼이라도 덜어 줄 수 있었을까만
  절망은 죄악이잖나
  두 석관 위 송악이
  끈끈하여 얽히고설킨, 내 위로를 대신하는구면
  속절없이 담벼락 아래 튤립 수선화는 왜 이리도 환한
것이냐

  어쩌면 우리는 스스로 만든 올가미에 걸려
  밀밭 위를 버둥거리는지도 몰라 어쩌면 우리는
  밀밭에서 태어나서
  밀밭에서 뒹굴다
  밀밭에서 죽는지도…
  내가 타히티를 목적으로 삼을 때
  불행은 시작됐지
  타히티는 열정이 도달하기도 전
  앞서 타 버리는 곳

푸드덕

잿빛 새 한 마리 유채밭을 날고

자네가 토해 놓은 목적이 밀밭에 푸르게 출렁이는 듯
하네

아직도 미처 도착하지 않은 편지를

자네가 사랑한 칠십 일을

다 읽어 내지 못하겠군

참, 닥터 가셰는 안녕하신지?

자네가 램프 아래 고단한 감자를 떠났듯

언제든 화구도 팽개치고

달랑 맨몸으로 오게나

와운마을에 둥둥 떠 있어도 좋고

만재도 몽돌과 뒹굴어도 좋고

목적 밖으로,

아마도 오늘은 라부여관에서 하룻밤 묵어 갈 걸세

자 받게나
남루 한 잔 권커니 잣거니
자네의 정원에 다시는 검은 고양이가 지나가지 못하도록
사이프러스나무가 춤추도록…

도도 죽이기

도도는 그늘 속에서 자랐다
도도는 광배근이 불끈거렸다
어쩌면 도도는
긍휼의 다른 애인이었다
곧추세우는 등뼈였다
자존의 연금술사였다

이것은 22세기 금속성 절규에 관한 보고서다

도도는 입꼬리 하나로 사람들을 조종할 줄 알았다
턱은 언제나 오후 2시 방향으로 들려 있었는데
그들은 턱 아래에서 웃다가 울고
때로는 두려움에 떨었다
덕분에 부자가 된 도도는
팔각기둥으로 성을 짓고
바쁜 중에도 팔각호수를 즐거이 바라보았다
미녀들의 마놀로 블라닉 같은 위험이 오히려 도도를
지켜주었다

도도를 숭배하는 이들은 빨랐고
발상을 죽이는 생각들이 넘쳐났다
도도가 사랑하는 이들은 너무도 멀리 있었다
사랑은 지루했고 속도는 고단했다
속도에 치여 음악이 죽어 갈 즈음
도도는 속도를 버렸다
순전한 음악이 죽으면
머잖아 미소가 죽고
입들만 살아 둥둥 하늘을 뒤덮을 것이었다

도도는 25시 속으로 떠났다
호숫가 나무에 긴 꼬리를 걸어 놓고서
25시는
환한 절규가 태양을 업고 달려오는 시간
제 것들이 형체를 잃어 흩어지는 고비
절규는 25시에서 바오바브나무로 자라나고

도도가 오똑 앉았던 의자에 앉아 본다

머스크 향이 난다

도도가 좋아했던 애플을 한입 깨문다

와작,

도도가 부서진다

2부

봄을 맞이하는 자세

어떤 꽃은 증오로부터
어떤 꽃은 교만함으로부터

엄마가, 치매가 왔다
벽을 긁어 대며 꽃들을 의심한다
엄마의 상상 속에서
피다 만 꽃들은 뭉개졌다
내 검은 바람벽에 찬 서리 내려
어깨가 운다
앙다문 입술로 내 바람벽에 기댄 장다리도
봄날을 퍼렇게 운다
저 꽃자리는 제 속 피멍 든 궤적
묵묵히 말을 참은 바람의 시치미

어떤 꽃은 자궁으로부터
어떤 꽃은 늑골로부터

돌아보면 꽃들에게 호흡 한 번 나눠 준 적 없고

따스한 눈빛 한 번 얹어 준 적 없다
염치없이 꽃숭어리에 뒤늦은 애정을 쏟으려 한
죄, 붉다
슬픈 자궁으로부터 꽃이 피고 웃음이 핀다면
나는 장다리밭에서 색맹이 될 것이다
누군가의 고통으로 저리도 환하게 봄이 달려온다면
나는 욕됨을 무릅쓸 것이다

바람이 조용히 몸 바꾸는 소리

야차굼바,
무릎을 꿇어야만 내게로 오는 것들
설산을 기어 다니다 곪아 터진 문장들
꽃으로 너덜너덜하다

봄은
함부로 즐기는 게 아니다

봄은,

몸을 낮춰 굽어보는 것이다

불가촉 불가촉

불가촉 불가촉

새가 운다

밤은

벌겋게 빽빽하거나 헐렁하거나

캄캄하게 집요하거나 심드렁하거나

둥글게 깊어서 닿지 못하거나

날카롭게 넓어서 끝이 없거나

경계와 경계를 허무는 건 바람의 몫

방관자들이 다녀간 하늘에 슬픔은 저토록 방싯거리고

하루하루는 비비 꼬인 퀴즈 같아

목이 말라요 불가촉

만지고 싶어요 불가촉

만진다는 건 네 몸에 지극히 스미고 싶다는 구애

울어도 울어도 좁혀지지 않는 거리

나는 불가촉 연체동물

고통이 암고양이 발로 침실을 엿보면

배밀이하며 내 속에 길을 만들지

내게 뒷심 좋은 꼬리가 있다면

지렛대 삼아 멋지게 한 방 펀치를 날릴 텐데
잠시 엄마랑 도린곁에서 쉬었다 올게요
환송식 따윈 필요 없어요
연탄 향 속에 존재 증명을 하고서
불…가촉 불…가촉 가…촉 가…
유리구두는 깔렸는데 신데렐라는 없구나
오늘 나의 개똥철학은 사타구니 속에서 몰락한다
이제 지구는 사피엔스 사피엔스들이 돌릴 것이다
내일은 새로 생긴 갈비뼈 깊숙한 곳에서
시퍼런 태양이 뜰 것이고

규칙을 어겨서 죄송하다

볼기의 탄력이 떨어질 즈음 사랑도
끝났다

볼기가 이쁜 남자를 사랑했던 것은
신념이 그 볼기에서 빛났기 때문이지
청바지 밖으로 튕겨 나오던 탱탱함
사자 무리를 쫓고 누고기를 뺏어 오던 아프리카 부족
처럼
바람과 맞짱뜨며 거리를 활보했기 때문이지
내가 존경하던 당신의 신념은
누대로부터 지켜 오던 대밭에서 나오는 거라고 확신
했지
푸른 즙이 뚝뚝 떨어지면
당신의 볼기는 탄력이 배가되었는데 그만
바람과 수작하던 그날
다물어지지 않은 당신의 입에서는 침이 질질
나는 대나무가 휘어져 꺾이는 소리를 들었지
오늘은 쭈글해진 당신의 볼기짝을 안주로 씹어 보겠어
맛깔난 볼기란 양 볼기짝이 바람까지 물어뜯는
쫀득한 진품을 말하지
당신의 볼기가 한물간 징후는

바람으로 문장을 갈기는 날부터임을

즉, 혀에서 근성이 빠져나갈 때부터임을

볼기는 헤부작 넙데데 탄력을 잃고 말았어

그것은 입술의 찰진 탄성과 괄약근의 조임과 무관하지
않더군

배출이 헤퍼진 괄약근은 슬프지

당신마저도 돌보지 않아 악어 눈꺼풀처럼 처진

신념과 굴신의 간격에서 갈팡질팡하는 볼기짝을

노을 바라보듯 요구하는 건 형벌이지

자, 지금은 조일 때

바람을 빼고 두 볼기짝에 근성을 불어넣자고

볼기가 푸른 신념을 퉁길 때

사랑도 탱탱하게 구르는 법

당신의 볼기를 바라보는 일이 고통스러워

불량하게

내 염통엔 대나무꽃이 피고 있다

오 라팽 아 질

저 여기 왔어요 라팽

라팽은 오래전 띄워 보낸 절규의 애칭
라팽은 해맞이언덕에서 변치 않을 자존
라팽은 홀로 가닿을 궁극
라팽, 몽마르트를 통째 비워 두고 어디로 간 걸까
고독만이 라팽의 아킬레스건
고독은 토끼를 냄비 속에 그려 넣었고
깡충, 토끼는 와인병을 들고 냄비 속에서 뛰쳐나왔다
그날, 절규 한 척이 몽마르트 언덕에 난파되었다
왼쪽 귓불에는 샹송이 함박눈처럼 내렸고
샤토에선 영글다 만 포도알이 짓물러 터졌다
절규가 익으려면 여섯 계절 가슴앓이로는 어림없다
그믐이면 날카로운 달빛은 샹송을 암살하고
낭자한 흰 피로 지붕 위에 그림을 그렸다
이기적 낭만으로
몽마르트 언덕에서 하얗게 빛났던 라팽
벤치에 앉은 에스빠냐 두 여자가 꼰 다리를 풀어도

라팽은 돌아오지 않고
헛배가 불러요
여섯 계절이 거듭 앓고 있군요
속히 돌아와요 라팽

파리 18구 솔르街 22번지
텅 빈 월요일 포돗빛 두 시
마침내 암살자 달빛이 라팽 아 질에 당도했다
루시용으로 붉게 칠해 줘
공모자 고독이 입술을 내민다
여긴 누구에게나 위험해

감정노동자 B형

변기가 순결을 고집한다
제발 나의 궁전에 다른 엉덩이들을 들이지 말라고—오
네까짓 게 무슨 순결이냐
몸을 부르르 떠는 놈
주제에 튕긴다는 생각이 들자
양다리에 잔뜩 힘주고 엉덩이를 다시 들이민다
네가 날마다 무얼 씹었는지
남몰래 꿀꺽한 것이 무엇인지
나는 알고 있다
하기야 오장육부 속을 받아 내고 기록하는 것이 네 사
명이지
간밤에 먹은 불닭발과 돼지내장탕과 폭탄주를
놈은 시원하게 기록한다
문득 미아리 텍사스의 그 아침
하초가 헐었던 앳된 여자애가 생각난다
역겨운 엉덩이를 들이민다면
놈은 아무런 저항 없이 받아들여야 할까
평생 남의 빨래만 하는 뭄바이 도비가트인(人)처럼

남의 밑이나 건사해야 될까

젊은 날 한때의 수치를 면피하려고

놈의 마음을 헤아리는 눈곱만 한 동정심이 한심하다

엉덩이를 돌리면 앞사람 코를 건드리는

1.5평 힐링하우스 18호

벽은 가슴을 조이고

천장은 머리를 짓누른다

변기들의 순결을 인정하지 않으면

지하철역마다 놈들이 거꾸로 곤추서서 봉기할지도 몰라

하릴없이 변기에 앉아 어제의 불화와 배알을 쏟고

오늘 하루치의 배신과 감당할 몫을 오장육부 속에 굴리
는 사이

놈의 구멍 속으로 순결의 길이 생겨나고

나는 점차 무능해지고

통증은 게슴츠레 아픈 새벽을 연다

우리는 놈들 앞에서 불경한 죄인

변기의 감정을 왜곡한 자

변기의 고통을 즐기는 자

지금 놈을 위한 일이라곤
권태를 잘 가려 먹고
순정품 엉덩이를 앉히는 것뿐
내 교향곡에 시커먼 보자기를 씌우지 말라고–오
나는 사십 중반이 넘어서야 출가한 너의 역사다
얍삽하게 집어삼키고 배설하는 것은 폭력이지
농염하게 넋두리와 욕지기를 받아 삼키는
사두 같은 7만 원짜리 순백 도자기
놈이야말로 몸 밖의 중심, 세상의 중심이라는 생각
세상은 시인들의 똥구녕으로부터 변화한다
그러므로 세상은 똥구녕을 감별할 줄 아는
순백 도자기 위에 정갈하게 세우는 것이야

피란으로, 피란 갈까부다

연두가 수의를 입었다
풍경이 죽으면 어떡하냐

타르티니 광장엔 악마와의 영혼 거래가 있었다지
에이프릴을 닮은 어지러운 리듬이 오롯한 곳
리듬은 혁명 속에서도 지저귀며
붉은 지붕에서 노란 손수건을 흔드는데
시체 역할이라도 감사하는
데드시티를 사뿐 즈려밟고
함부로 피란 갈까부다
망아지를 길들이듯
나를 순치하려 들지 마
야생은 반골의 증표
어떤 상생은 지독히 고독하기도 해서
침묵을 팔러 피란 갈까부다
그 바다엔 흰 피가 넘실거리지
당나귀 뒷발차기로 거부 의지를 세우려
냉동실에 고개를 처박아도 열병은 식지 않아

싫증 난 마지막 애인을 쿨하게 차 버리고
기꺼이 갈까부다
나는 d를 수행하기 위하여
c와 새로운 b를 저울질하는 개똥철학자
얼마간의 소피 데불고
화르르 벚꽃 타고 갈까부다
위풍당당 에펠을 찍고
고집이 되똑, 에즈를 돌아
베네치아를 헤엄쳐 피란 갈까부다 거기
갈매기 거룩거룩
류블 류블 류블랴나
성스러운 숱한 성이들
정 많은 이쁜 정이들
그러모아 허허실실공화국이나 세울까부다
와인잔 가득 노을빛 담아
만자레!
칸타레!
아마레!

밤새도록 미칠까부다

내가 섬길 것은 다만 풍경뿐

눈치 빤한 오소리들

빌붙어 먹는 뻐꾸기들

빠이빠이

여보들

내 빈자리엔 사이프러스를 심게나

부탁허이

모나크나비들

먹지 마시오
不可食用
Do not eat
실리카겔 한 봉지가 눈 속에 들어온다
그것을 입 안에 털어 넣은 적이 있었지
내 안의 몹쓸 유전 형질이 어린 나비를 갉아먹은 것인가
유산처럼 미리 받으려는 것인가

가자 나비야
엄마 꼭 가야 돼?
그럼, 가지 않으면 죽을 수밖에 없어
힘들어
그냥…

만신창이 찢긴 날개로 창틀에 선 어린 모나크나비
사뿐 밤하늘을 날고 싶은 나비
주황빛을 버리고 푸른 날개를 달고 싶은 나비
은하수를 양처럼 뛰놀다 별이 되고도 싶은 나비

캐나다 북동쪽에서 캘리포니아에서 멕시코 중부까지
사천오백 킬로미터
　엄마는 막막한 먼 길을 함께 가자고만 한다

　뱃가죽이 따땃해서
　얼마나 좋은 세상인지 여직 모르는 게지
　나는 사고당한 울 엄마 목숨값으로 결혼했단다
　아버지한테 버림받고도
　사랑하고 사랑받고 싶었던 거야
　끔찍이 무서운 말은
　그냥이라는 말
　뒤집어 보면 살고 싶은 이유가 수없이 많다는 말
　내게는 하찮은 이유들이 어린 나비에게는
　절체절명의 '그냥'이다

　나는 단단한 밀크위드 나무
　나비야
　나를 꼭 붙잡아

젖을 빨고 독을 키우렴

이제 따뜻한 바람이 부르는 대로
손가락만 한 날개로 유전의 길을 스스로 날아야만 하는
벼랑 끝 젖은 날개를 터는
우리의 모나크나비들

음악이 없는 나라

음악이 없는 나라의 후손들은
석회심장을 달고 나오지
바람이 등뼈를 통과하면
구멍 숭숭 부스러져 존재도 없이 사라지지
무감(無感)들에게
명랑을 선사하고 싶어 노랑을 뿌렸지
높은음자리표를 키우려 초록을 심었어
음악 없는 나라의 칙사는 리듬이 생기는 계단을 없애고
내게 부드러운 펜을 선사했지
나는 노래방울을 받고 싶었지
혀가 말라 갈 때마다
딸랑딸랑 딸랑 딸랑
나의 칼라스들
나의 무스꾸리들
나의 사라들
2프로의 노랑이 요긴했어

음악이 없는 나라의 흑자는 70프로

가로세로 줄 세운 글자는 15킬로들이 열여덟 상자
글자들은 노랑을 잡아먹고
내가 잠든 사이에 통통해지고
노랑들은 화사한 오후에 자울자울하고
내가 애인을 장만하는 비법은
쿠바 맘보를 구부리는 방식
나는 글자들에게 졸피뎀을 먹였지
그제야 음표가 생기고 삐뚤빼뚤 줄을 잘 섰으므로
글자들을 초록 자루에 넣을 수 있었지
종로3가역 8번 출구에 삼월이 오면
칙사 몰래 자루를 아라비아 상인에게 넘길 거야

음악은 숨탄것들의 별식
음악에도 체온이 있다면
첫 키스의 달콤함과 떨림이 뒹구는 온도
나의 모하메드들
나의 산쵸들
나의 시디키들

한 아름 보듬고

친퀘테레로 초록망명을 떠날 거야

via 인생은

설렘은 처음 느낀 통증 같은 것

잃기 위해서 via
잊히기 위해서 via
스러지기 위해서 via

묻고 물었던
Pastai coroso vicenza Linciano Guido Monaco
Balbi Pié al Sasso

언제부턴가 풍경은 남의 아픔이 궁금하지 않다

때로는 via
넌출거리며 흔들리며 절규하며
부정한 풍경도 via
온도를 품고
흉기가 될 자폐도 via
목소리를 내고

광장 골목 골동품점 옆 두 번째 집
Guido는 강요하지 않았어
다만 노래했을 뿐이지
아픔 또한 나누는 게 아니야
이렇게 천천히
via에서 via로 건너가는 것이지

묽어지도록 via
촉촉해지도록 via

돌고 돌아
via 사월에 풀꽃에 오솔길에
가만히 나를 놓아두면
나만의 지도가 생겨나고
정신은 via에서 푸르게 빛나지

통증이 햇살에 물고기 떼로 퍼덕인다

나는 나로 지워졌다

뱀파이어를 위한 노래

　그리하여 지금은 건기, 별빛 휘장을 두르고 갈증의 등뼈로 기둥을 세우는 곳 호흡조차 쩍쩍 갈라진 사각동굴 바닥에는 광기가 깡통으로 뒹굴고 있다 당신들이 새끼 잃은 승냥이 속울음을 어둠 속에 풀어놓으면 한 폭의 그림이 되고 시가 찬양을 하고 당신들은 피 한 방울만으로도 황홀경을 창조하는 예술가, 위대한 뱀파이어들

　어서 목을 내놔
　휴식을 줄게
　내겐 빛이 곧 죽음이야
　어둠, 아으 어둠은 신선한 프로포폴

　어둠은 독수리 날개로 머리를 헤쳐 풀고 어디든 데려다주지 언제부턴가 쉽사리 목을 내놓지 않는 인간들, 의 배신으로 며칠째 피 맛을 보지 못한 당신들의 핏발 선 눈빛에 고요조차도 숨죽이고 피와 담배와 술의 제전이 절정에 이른 26시, 환도뼈에서 쏟아지는 시뻘건 충동들 모가지 잘린 닭대가리처럼 퍼덕이는 치욕들 살바도르 달

리라면 환도뼈로 서랍 달린 유방을, 닭대가리로 이지러진 시간을 그렸을 테지

송곳니가 썩고 있어
내 동굴에 쐐기풀을 깔아 줘
그곳에서 볼록 부풀고 오목 꺼지며
굴절되고 싶어

불온한 광기로 열정의 온도를 가늠하는 일은 위험하지
견갑골을 통과하지 못하는 광기가 집단 자살하는 고래처럼 당신들의 흉터 위에 널브러진 밤 광기도 안식이 필요한 법 뱀파이어들은 습관적으로 우울의 정글을 키운다지 발톱을 세우고 몸을 더듬는 우울이라는 양서류 한 마리

목이 말라
치사량의 우울로 내 혀를 축여 줘
길고 가는 위는 더 이상 피를 빨 수가 없어

앞선 발걸음은 믿을 게 못 돼
따스한 손과는 악수하기가 겁나

검붉은 피는 이과수 '악마의 목구멍'에 던질 때 무감의
기미를 발칵 뒤집어야 할 때 검은 피는 상실을 가져오고
붉은 피는 만용을 부르지 피비린내 나는 거리를 걸을 때
면 나트륨빛에도 낯선 살의를 느끼는 당신들 광기와 우
울로는 그 어떤 감흥도 줄 수 없는 오늘이 왔어 녹색의
피는 승냥이 울음을 헤아릴 줄 알지

지금은 피를 바꾸어야 할 녹색의 시대
멀리서 자귀나무가 꽃잎을 접고 돌이끼가 꽃으로 피어
난다
그 시간과 공간을 '광기와 우울의 오독'이라 부르겠다
뱀파이어들이여
저 나무들의 뼛가루를 받아먹고 푸르게 재생하라

한때 프롤레타리아

프롤레타리아, 라고 적으면
무슨 세균 이름 같아
부르주아, 하고 호명하면
턱시도를 입은 사내의 빠다 냄새가 나지
시아버지의 개념을 나도 찍었어
신분 상승은 쉬워서 하도 쉬워서
나는 일만이천 원짜리 지중해,
그릭요거트를 즐겨 먹는다
한정식 점심특선 한 끼 값과 맞먹는
청색 도자기에 블루베리를 얹고
s라인으로 도도한 그녀, 그릭요거트
다리를 꼬고 앉아 시집을 펼친 후
귀에 이어폰을 꽂고 고개를 까닥댄다
라흐마니노프 피아노 협주곡 2번 C단조가 힘에 부칠
즈음
우아하게 조금은 얌냠스럽게
도자기 스푼으로 블루베리부터
그리스를 아껴 떠먹는다

이토록 품위를 차리면 아테네 시민 자격증을 얻을까
프롤레타리아의 선장은 항로를 이탈했고
자발없이 키를 바람에게 맡겨
카리브해 아드리아해 벵골해 카스피해를 넘나들었지
선원인 나는 이대팔 가르마 포마드길로 질주할 거야
이것은 점점 침몰하는 프롤레타리아호에 관한 현재진
형형 기록이다
그러므로 지금부터 메세나폴리스 언덕으로 올라
푸른 깃발을 꽂아 볼까

올여름엔 등단 9년 만에 원고 청탁을 거절했다
비로소 배가 불렀다

3부

어슬렁어슬렁 어슬렁

당도했다
내 11월의 변방에
접는다 어지러운 촉(觸)들
빠져나간다 빌미들
정강이를 걷어찬다 해찰들
종묘 돌담을 끼고 돌아 혜화로
어슬렁어슬렁 어슬렁

눈썹 하나에 모독들
눈썹 하나에 회오리들
눈썹 하나에, 눈썹 하나에…
떨군다
뭉개진다
가슴 아픈 간격들
비로소 나는 가을문둥이

안부가 비껴가자
그물에 걸린다 연애의 가능성들

주파수를 변경하는 침묵들

11월은 살진 나무늘보
젖은 이파리 하나 들추며
어슬렁어슬렁 어슬렁
엉덩이를 턴다 절정들
솟아난다 쇄골들

바라볼 그곳이 꺼져도
사랑할 그 무엇이 사라져도
기어 나온다 궁극들
피어오른다 비율(非律)들

혁명은 아랫도리로부터 시작되지

마타 하리를 추억하는 스파이의 밤
열두 폭 치맛자락 아래서 꿈틀거렸던 혁명
손바닥 뒤집기처럼 쉬운 혁명이
어떤 이에게는 시간을 바쳐도 오지 않아
문장을 무기 삼아 혁명의 문턱을 서성이며
피 끓었던 강령이나 되새김질하고 있다
혁명의 체위는 게릴라 전법처럼 은밀하고 변화무쌍하
여서
금방이라도 승리의 동상을 세울 것 같았다
강령이 식상해진 동지들은 울지 않았다
혁명만이 고지 바로 아래서 젖은 날개를 바르르 떨었
을 뿐
한때 혁명은 학익진법으로 물속을 날았지
서시(西施)의 속곳으로부터 앙투아네트 부풀린 치마로
부터
전수된 기술로 줄줄이 고지들이 함락당했던
꽃향기 가득한 포화 속 그 밤, 의 마타 하리
붉은 달 속으로 밤이 침몰하고

잔혹한 숲에서 태양이 태어나는 동안
이슬 한 방울에 모두 담아지기도 했던 혁명
풀 줄기 하나로도 금세 깨어질 듯한 혁명은
빛바랜 녹색 깃발 앞에서 손을 흔들고
깃발은 별다른 뒷담화도 없이 가난하게 나부끼고 있다
공명통이 작은 내 혁명의 체위는 순응법
붉게 타올랐던 스무 살 혁명의 바다가
넋두리나 풀어놓는 것을 낄낄대며 바라볼 뿐
혁명은 늘 앙가슴에 맷돌을 달고 다녔다
어느 순간 혁명은 엉덩이를 씰룩거리며 도망치고 말았
던 게다
엔드리스 네임리스*
혀로는 그 어떤 것도 바꿀 수 없지
술로는 혁명을 바꿀 수 있을까
떫은 혁명을 밤새 씹느라 잇몸은 짓무르고
국밥 한 그릇을 먹는 것이 더 소중한 아침
이제 혁명은 츄로 계곡에서 털털 끓다
슬프게 굳어 버린 마그마

아랫도리에 물린 혁명의 목덜미
콧털에 물린 혁명만이 힘을 갖지
아, 헤픈 혁명
혁명은 아름답게 피어야 하네
에르네스토 체의 콧털로부터, 기필코, 다시

• 너바나의 노래 제목 〈Endless Nameless〉.

우물, 그 감정사막

우물이 마르지 않기를 기도했었다

먼 데 빙하가 남녘으로 긴 혀를 밀어낼 즈음
꽃바람에도 염통이 굳어 갔다
내 안의 우물이
우투투 우투투 마른기침을 뱉어 내는 밤
헤엄치던 문장은 슬픈 짐승이 되어 앙가슴을 파고들었다
통섭하자 통섭하자꾸나
몰래 우물은 아래로 아래로 제 꽃잠 속 길을 열고
신록의 걸음으로 싱싱한 애인이 찾아왔고
어쩌면 우물은 한을 쟁여 놓는 곳간일지 몰라
나를 부리는 몸속 푸른 피
한데에 내던질 수 있는 용기
날선 턱이 둥글어진 것도
우물 밖의 물, 부드러움이 한 일
안테바신 안테바신
경계를 누리는 자
위태로움을 즐기는 자

불안과 함께 호사하는 자
물이 오랜 세월 지켜 온 얘기에 귀 기울이고
온기를 찾아 강아지가 몸을 맡기는
둥근 물의 사타구니에서 잠들고
둥글게 깨어나고 싶을 뿐
훌륭한 질문들은 곳곳에 시시덕거려도
우물은 쉼으로 가는 마지막 비상구,
열망의 허기 같은 것
짱짱한 나태를
괴발개발 우물 바닥에 갈겨쓰고
세상을 움직이는 것은
그 안의 물이라고 읽는다

이 감정사막, 문장이 더 위험해지기 전에
우리 같이 갈지자로 흐를까

리버랜드*

제공되는 모든 것은
의심하고
의심하라
저녁 공기가 춤출 때
별들만이라도 거부할 줄 알았다
아침은 지난밤을 외면한 채
불가사리 가면을 쓰고 관습처럼 태양에게 달려들었다
끊어진 다리 위에서 늙은 남녀가 크로스 키스를 퍼붓고
태양은 키스의 온도를 포기하고
Nice는 아무것도 하지 않았다
아무것도 되지 않으려 안간힘을 쓸 때
모두의 가슴에 무구한 비가 내렸다
바야흐로 우리는 무엇이 된 것이다
그래도 내게는 버거운 '무엇'
그리고 얼마 후…
'무엇'을 방치했더니 따뜻하다는 의미가 곰팡이로 피어
났다
　의미가 수북이 쌓인 침대 앞에

리버랜드의 칙사가 당도했다

리버랜드에서는 적게 말하는 법을 깨치고

무릎의 각도를 구부리지

거기, 불편한 자유공화국 강가에서

'아무것' 아닌 채로

건사할 그 '무엇'도 방관한 채로

편안한 구속을 낡고 싶어요

한 숟갈 바람의 의미만 떠먹을 수 있다면

즉시

상징의 크기만큼 리버랜드의 입국을 신청합니다

* 공식 명칭 '리버랜드 자유 공화국(Svobodná republika Liberland)'은 세르비
  아 - 크로아티아 국경 분쟁으로 양국이 서로 타국의 영토라고 주장하는 무주
  지에 세워진 신생 자칭 국가.

절규 한 척을 띄워 보낸다

바람이 책임질 수 있는 밤도 유통기한이 있어서
문지방을 긁어 먹어야 영감이 떠오르는 어느 작가처럼
절규를 품어야 밤을 건널 수 있다
당신이 아타카마사막을 횡단할 때
해골 위에 모래시계를 얹고
나는 들풀로 지은 게르에서 홀로 촛불을 밝히고 있다
남녘으로 한층 길어진 그리움의 목을 껴안자
풍덩, 촛불 속으로 절규가 뛰어든다
고독은 열병조차 석고로 만들어 버리는 재주가 뛰어나지
방가지똥 씨앗 하나도
제 깜냥껏 공중을 비행할 권리가 있고
내 뼈가 기억하는 건
적막을 밟고 가는 바람, 그 바람의 마른 문장들
그 문장들의 밤에 소금 한 조각 오려 기타를 띄운 당신
문득 그대 올 거라는 믿음이
해맞이언덕에서 수년째 출렁거리고 있지만
온몸의 뼈들은 석회질로 스러지고
믿음도 때때로 지겹고 지치는지라

나를 키운 은둔의 사막에

절규 한 척을 띄워 보낸다

깎이고 문드러지고

역삼각형 스톤트리로 되똑 선 절규

그대 혹시

한 척의 절규를 타고 붉은 몸으로 내게 온다면

맨발로 뛰어가 맞을 텐데

힝허케, 게르 밖엔 기타가 당도해

긴 절규를 울고

염원하던 절규 속에서 나는 황홀히 익사하고

궁금증후군

프리드리히, 문 좀 열래요?
아버지는 나를 마음대로 주무르는 찰흙으로 생각했지만
틀리셨지*
이 세상에 제일가는 하인은 없어요
포도밭 계단에서 들려오는 속삭임
상수시 상수시 상수시…

프리드리히, 그곳 동쪽은 무사한가요?
근심을 잡아먹은 조개들이
허여멀건 하늘을 바라보고 누웠네요
저 조개무지는 어지럼증에 결박되어 넘어진 밤들
이곳 서쪽엔 해가 돌멩이처럼 박혀 있어요

갈등은 多情에서 깊어 가고
나는 그 모순들을 제대로 사용할 줄 몰랐어요
옆구리에는 십사 센티미터의 흉터가 자라고
모순이 흉터에 키스를 퍼부을 때마다
나는 서쪽으로 근심만큼 붉어졌어요

해(解)가 없는 멜랑콜리는 기름 낀 내장과도 같아

포도 향기를 입 안 가득 머금고

방금 가석방된 만돌린을 어깨에 메고

우리 어디론가 흘러가요

프리드리히, 감자가 뒹구는 팔각방을 버려요

아버지가 수수께끼인가요

* 프로이센 왕국 프리드리히의 말.

그릭요거트를 바라보는 자세

내 몸값은 일만이천 원 스타벅스식 욕구가 있는 곳에 충동이 풍요가 있는 곳에 협잡이 우정이 있는 곳에 갈등이 그 길 끝에 피범벅 돈뭉치가 비릿하다

품위와 낭만이 요철로 맞물려 탄생한 그의 이름은 鑑賞의 과잉, 이 솟는 길에 메세나 폴리스가 있다 의견도 없이 충돌도 없이 곳곳에서 폼 나는 요구르트를 한마디 불평 없이 간디는 바라만 본다

공기는 수많은 인연을 만들고 요구르트 속 가난이 맛있게 발효된다 鑑賞하지 못하고 感傷만 한 봄밤 테레사가 훌쩍인다

모든 요구르트는 인민 앞에 평등하다 내일 먹을 호밀빵이 없을지라도 오늘 나 히틀러는 그릭요거트를 전파하노라

나는 저 요구르트의 생성과 소멸까지의 거리를 다 걷지 못하므로 아크로폴리스를 알지 못하노라 옆구리에 손을 넣어 보고 나서야 가롯 유다는 과연!

착하다는 꼬리표는 거북해 항의는 으깨어서 던질 것 낡은 항의가 축제로 거듭날 때까지 온몸에 붉게 새겨질

때까지

　당신이 요구르트를 미워할 수 없는 이유가 있는가? 잘
생겼다 부드럽다 녹아든다 맛있다 결정적으로 품격 있
다 도시바다 달동네에 저 깜박이는 불빛 하나만으로도
소크라테스는 요거트를 먹어야 할 이유가 충분하지 않
을까?

이탈리아 이딸리아

이탈리아에 가면 이딸리아를 만날 수 있을까
블타바를 흘러 검은 바다로 역류한 이딸리아
하늘을 모두 담고도 남은 눈동자의 이딸리아
달 밝은 밤이면 달의 바다에서 숨죽여 우는 이딸리아
얼마나 아픈 배를 움켜쥐고
살진 다리 아래로 흘러갔을까, 그 많은 이딸리아들
유방도 없이
야생마 이딸리아는 이탈리아를 누비지만
이탈리아엔 모난 돌투성이
그래도 우리의 이딸리아는 가죽 장화를 신고
박차를 가하죠
이탈리아 광야를 휘달려
에메랄드빛 바다에 도착한 희망은 메밀꽃으로 떠가고
맨발로 스무 날을 걸어도 닳지 않는
처녀지, 이탈리아에 기어코 안긴 이딸리아
석류처럼 불타고 영롱하게 터지다 지쳐
핏기 없는 아침
이슬 아래서 그토록 행복하게 해금된 이딸리아

움직이지 말아요

빨간 구두 한 짝을

빗속에 희망으로 남겨 둔 이탈리아 이딸리아

이딸리아는 상실 너머의 잔혹한 희생양

이탈리아를 버린 멜랑콜리는 부질없어

백색 피로 촛불을 켜고

우리는 몸속에 이딸리아 하나쯤 방목하죠

휘게풍으로 놀아나기

나는 풍경을 약탈하는 자

우선 저 혼자 떠드는 티비를 끄는 게 좋겠군
남의 입장을 이해하는 것은 가능한가
ㅁㅁㅁ만을 듣고자 했던 귀 접고
진실을 말하는 거울 따윈 치우고
김치 빠진 존슨탕을 존경해 볼까
자존심 센 샤토브리앙과 통정해 볼까
테이킷 이지 테이킷 이지
안식이 울분으로 올 수는 없지
모가지 꺾인 수선화 한 송이 머리에 꽂으면
상쾌한 비애
 ─항아리가 깨질 때까지 우물은 우물로 돌아가지
영화 속 대사는 은하를 돌고 돌아
저기 구부정한 노인의 등허리에 쏟아지는 아침 햇살
그 지팡이 끝에서부터 내일은 왔겠지
사랑은 시끄러운 애기들을 세상에 내보내려는 신들의
장난이라고 믿는 다이아나나

아직도 사랑은 세상의 모든 힘이라고 믿는 브래들리나
도모지,
괄호 밖 나는
사카린 물을 다신 마시고 싶지 않거든
설탕의 폭력을 방관한 죄 뒤집어쓰고
그 형편없는 은유,
설탕의 몰락을 즐기기
술잔을 높이 들고
어깨를 겯고
그냥 그곳에 앉아 있기
그냥 천천히 무너지기
남은 미래는 가끔씩 스파게티로 감아올릴 거야
휘겔리 휘겔리
휘게 분다 바이킹의 돛이 펄럭인다

헐렁하게 날 왜곡시켜 줘
나는 범람하는 풍경 속으로 익사 중

불협(不協) 팔월

칠월은 가면을 쓰고
검은 유두를 흔들며 내게로 왔다
나는 칠월에 투자했다
손절매로 가산을 탕진한 후
창틀에 앉은 노란 고양이 자세로
그늘의 유희를 즐겼다
장사꾼과 장인은 가깝기도 멀기도 하여
숭배가 빠지면 제아무리 위대한 도기도
팔아넘길 그릇에 불과한 게지
애증은 때로 한 굴에 살며 으르렁거리는 두 마리 곰
같아서
소모성 사랑을 논하지는 말자
순간은 몰두를 요구하지
난 오늘 기억하고 내일 잊어버릴래
오늘 키스 이상의 뭔가를 기대한다는 건 베르사유적
감성
그런 날엔 일곱 손가락으로 자화상을 그리지
나는 가끔씩 사다리를 갈빗대에 걸치고

오후의 자궁으로 내려가곤 했다

오후의 자궁에 15촉 전구를 켜고 숭배하고 싶어

첼로를 켜고 싶어

그러나 곧 취두부 같은 밤이 몰려올 것이다

팔월로 흐르지 않기 위해 프로그램을 수정해야 할 것
같아

깡을 살짝 얹은 비굴카나페

비굴은 바람을 탈 줄 알았다
바람을 탈 줄 모르는 나는 깜냥을 알았다
그래서 깡을 굴려 재주를 부릴 무대를 구했다
재주를 배우느라 들인 돈 가지고는 택도 없는 소리!
그나마 다행이야 입술이 오지게 번질거렸다
나를 지탱하던 깡 덩어리에 분칠을 하고 무대에 올렸다
조명발이 죽여줬다
십일 년 동안 길에서 굴러먹은 깡이
덩그마니 해골로 되똑 선 깡이
잎사귀를 모두 떨군 고사목 같은 깡이
너덜너덜 찬란했다
새들이 둥지를 틀 수 없고
바람도 쉬었다 갈 수 없는 깡의 그 좁은 품
깡에 아양이라는 향신료를 뿌렸다
풋비린내가 쌈박했다
그때 잠깐 청보리 물결이 눈앞에 너울거렸던가
꼿꼿한 보릿대는 바람이 속삭이자 허리를 꺾었다
청보리가 몸을 휠 때마다 들판에는 부드러운 비굴이

반짝였다

굽힘과 굽힘이 어우러져 빚어낸 그림 한 폭

옳거니, 무릎을 쳤다

묵은똥 한 덩이가 쑥 빠졌다

입 닥치고 살겠다고

'깡'에서 귀찮은 'ㄱ'을 하나 버렸다

내 안의 사막에 강이 흘렀다

깡도 구르고 깎여

모래 언덕을 품고 묵묵히 깊어지는 강만 같으면야

마침내 골수가 빠져나간

낭창낭창 들큰쌉싸름 시큼털털 얼룩덜룩 깡들

향긋한 비굴 하나 비굴 두울 비굴 세엣

그 위에 날치알마냥 깡을 살짝 얹었다

톡 톡 톡

두 눈과 두 귀를 사로잡는

경쾌한 비굴카나페

비굴이 해맑게 웃고 있었다

굽힐수록 달콤해지고

젖힐수록 군내 나는
비굴도 이력이 붙으면 관성이 생겨 단단해지지
예민한 췌장까지 해독시키는
비굴은 나의 힘

4부

고도는 매일 온다

다리 하나 뻗으면 족할 방
낮은 천장 아래 움푹한 침대
그 위 나란한 베개 둘
몸을 둥글게 말아도
말아지지 않는 기다림
비겁한 이빨들
모서리를 기어 다니는 그리마
어둠 속 떠도는 불안의 질료들로
공중에 옐로 하우스를 지었다
기우뚱, 45도 고도 쪽으로 기울었다
비바람에 쓰러졌다가 일어났다가
지상의 집은 귀퉁이가 떨어져 나갔다
고도가 내게 오겠다고 약속한 적은 없었다
그가 돌아온다면 오물거리는 입술을 놓치지 않으려
내 귀는 당나귀처럼 길어질 게다
슬픔이 한 올 한 올 췌장을 휘감는다
견딜 수 없는 것은
고통이 떠난 마지막 눈동자들

"분홍 아몬드를 심으세요."

그래, 췌장을 찢고 날아오르는 되새 떼를 꿈꾸는 거다

저 떨리는 황홀에 목을 매달아 보는 거다

고도는 매일 오고

나는 순간이 중요하므로

격렬鄙劣도

격렬비열도에 전염병이 돌고 있다

땡볕은 비닐봉지만도 못하게 뒹구는 시들을 모아 파묻
고 있다

꽤액 꽤액

시들은 파묻히지 않으려고 악을 쓴다

겉보기엔 멀쩡한 저놈들이

소리 없는 살인병기다

내 안에서 몇 번이나 수장시킨!

격렬비열도, 서서히 그믐달 바깥으로 침몰한다

절벽 틈마다 야자를 심자는 최초의 발상은

한통속으로 싱싱하다

우울백서

나는 터져 나오는 감정을 희석하느라 반평생을 낭비했어
우울은 지구를 몇 바퀴 돌아도 스러지지 않아
떠날 때라는 걸 몸이 먼저 알지
이곳에서 나의 태양은 사각 빌딩에 걸려 날마다 굴러떨
어지지
빌딩은 절망이야

곰팡내 나는 이름을 벗어 놓고
붉은 우울을 읽으러 지중해로 갈 거야
동화 속 카르카손을 돌아
검은 창이 무구로 빛나 더 슬픈
거기, 벌레 먹은 낙엽 같은 방종도 찬란한
삐거덕거리는 뼈도 일으켜 세운다는 콜리우르로 갈 거야

섞지 않을래 검은 창을 지중해로 칠할래 창문을 힘껏 젖
힐래 태양을 들일래 오렌지빛 고독을 심을래 와인으로 촛
불을 켤래 눈을 찌르는 빛깔로 고귀하게 눈멀래

어쩌면… 인간은 위로가 되지 않아

난 변덕스러운 파도보단 늠늠한 태양을 업을래
못다 읽은 원시의 태양들이 뒹구는 해변에서
수많은 기호들과도 생까고 호사스런 돼지가 될래
해바라기 꽃무늬 원피스를 입고
오래도록 우울로 이글거릴래
그러다가 방종한 태양과 눈 맞아 불탈래

그럼에도 불구하고 랭보와

1987년 민음사판 랭보는
고단한 삶 속 마지막 부적이었다
상상력은 한계에 부딪혀서 그의 바람구두를 빌려 신고
랭보는 오줌발이 짧았다!
박하사탕처럼 외치고 말았다
니가 랭보를 알어? 오줌발 봤어?
그럼 자 봐서 알지
그 후 얻은 별명이 랭보와 잔 놈
내가 랭보와 지옥에서 한철을 보낸 건 행운이었다
팡이 냄새 화사한 방에 허물이 쌓여 갈 때 한 숨 한
숨에 공포가, 그 공포조차 흑진주로 빛날 때 저승사자가
다녀간 듯한 나를 훑던, 머리카락 사이로 새어 나오던
눈빛, 그 살쾡이 눈빛만이 살아 공중에 뛰놀았다
그가 물었다.
견딜 만해?
살 만하냐고?
되묻자 내 발목을 휘감던 바람이 그의 옷자락을 잡아
당겼다

그가 남긴 것은 바람구두 한 짝, 그게 다였다.

그와 친한 척한 경망스러움

뼛속 깊은 영혼을 더럽힌 불경함

잘 알지도 못하면서 시를 갈겨 버린 죄

미안하군 랭보, 차라리 아구통을 갈기게나

돈벌이의 중요성을 창녀와의 섹스에서 깨달은 벤자민

처럼

랭보와 뒹군 후 몸으로 예술을 찰 줄 알게 되었다

무엇으로 오줌발을 세울지

이제 오줌발은 어디로 튈지

한사코 모른 척

해진 바람구두 한 짝을 끌고

언제 어디든 떠날 수 있는

통 큰 놈 흉내를 내보는 것이다

−앉은뱅이들의 섬에서 띄움

뭉갰다 그러자 시시해졌다

우도 드렁코지 물미역 내음 같은 사람을
신뢰라고 불렀다
꿈꾸던 강구항 바다가 오징어 썩은 냄새를 풍길 때
나를 불신했다
중요한 결정은
부에노스아이레스 백 년 카페에서 멸치젓 피자를 먹을 때
말발굽으로 쳐들어왔다
누가 나를 제발 버려 줬으면
궤적으로부터
발견으로부터 오늘로부터
놓여난 것들이 복화술 모드로 바뀌는 11월
휴(休)-
그리고 정박
들러붙는 암호들도
우수수 상냥하게
딱 11월 30일의 나무처럼만 건조해지자
그리움도 돌고 도는 기후의 일종
오르가슴은 한낱 근육 수축 현상일 뿐

에로스가 시시해졌다

동통을 동반하는 시베리아성 상상력

월요일을 구부리고

화요일을 덧입히고

자극과 반응의 바깥, 제9요일

오후는 로코코적으로 썩어 갔고

나는 로고스적으로 불안했다

슬픈 네버랜드

여자여 울지 말아요
둠칫둠칫 밥 말리가 노래해요
보트에 바윗덩이를 얹지 마라
네버랜드
검붉은 피도 영원한 향기를 갖는 곳
네버랜드
청맹과니도 향기에 취해 플루토를 여는 곳
나는 작은새
입을 다물래요
제일 먼저 일어나 노래하는 것도 신물이 나요
노래라뇨?
그건 내 속울음이에요
속울음이 뚝뚝 떨어지는 시간 위로
소금꽃이 피었네요
새들이 입을 굳게 다문 지금
하늘은 말들이 쏟아지는 화수분
이빨을 뽑아 줘요
남은 잇몸으로

잘근잘근 무엇을 씹을까요?

이제 네버랜드에선 오직 흰빛과 짜디짠 시간에 대해

침묵으로 말할 뿐

내 구멍 뚫린 보트에 물이 차오르네요

보트가 가라앉기 전

마지막 촛불 심지를 돋우고

무릎을 꿇어요

공기에도 겨드랑이가 있다면

한 주먹 크기의 요람, 그 속에 둥지를 틀 텐데

늪과 달빛과 여자와

무릎이 우는 밤
무릎이 울어서 늪 속에 달이 돋는 밤
달빛에 잇몸이 가려워 늪이 송곳니를 세우는 밤
고요히 앙다문 늪의 이빨에 허벅지를 물려 본 일 있는가
달 이마에 흉터가 도드라지는 밤
초경을 쏟는 늪의 아가리 속으로

느그들은 공부만 열심히 혀야 써 열네 살 그날 밤 아버
지의 꼬부라진 말이 맨 먼저 둥둥 떴어요 제기랄 지 깜냥
에 공부는 무슨 공부 담배 연기에 한숨 실은 엄마가 돌아
앉고 소녀는 벽돌 담장에 머리를 찧어도 피가 나지 않았어
요 밥만 잘 먹어도 칭찬받았던 일곱 살이 그리워요

늪이 여자를 부른 건 유월이었다
달은 옻빛으로 몸을 단장하고
그녀의 정원을 훔쳐보았다
정원에서는 관음죽이 말라 갔고
여자는 자주 각혈을 했다

110

달빛이 여자에게 간닥간닥하자
늪으로 가는 길이 불끈
물장지뱀이 수면 위를 달렸다
치마를 걷고 다리 한 짝을 늪으로 밀어 넣었다
허벅지 위에 달빛이 뛰놀았다
늪은 여자의 허벅지를 어루만졌다
여자는 늪에게 눈알부터 빼 주었다
삼켰다, 늪은
눈알을 아버지를 소녀를
오 즐거운 늪!
여자의 몸에서는 가시연꽃이 일제히 피어났다

섣불리 늪을 들먹이지 마라
달만이 그 내력의 갈피를 들출 자격이 있다
달은 설산의 골짝도 모래언덕도 마다한 적 없고
제 뜻대로 머리를 돌린 적 없으니
휘저으면 한바탕 뒤집어지는 늪, 그 바닥도
달이 어르면 이내 잠잠해지리

씨앗

나는,
함부로
모래밭에
뱉어진
한 톨 씨앗이다.

나를 뿌리내리게 한 건 제 안에 키운 독이다.

혈통의 재구성

봉긋 솟은 중산모를 쓰고
제비 꼬리 뒷자락을 젖히는 한 남자
뒷짐 지고 앞배를 내밀고 팔자로 걸어간다
그의 헛기침 소리에
덕성(德聖) 공작님은 언제 봐도 훌륭하십니다
사람들은 줄줄이 튀어나와 배꼽인사를 한다
남자가 중산모를 벗으면 바빠지는 유려한 입들
양가죽족보 금박문장 유리술병 비단혁대 금은화
봉황관을 쓴 사나이들은 공작의 아들들이다
뛰쳐나가 스스로 성을 세웠으나
밥보다 소중한 것은 품위,
공작의 걸음걸이로 가문을 세우느라
날개는 깃털이 빠지고 부리는 둥글게 굽어 간다
과연 공작의 후예답군

낡은 마차가 덜거덕거리며 황톳길을 간다
아들 아홉을 낳고도 남자의 맘을 사로잡지 못한 여자
바다로 간다

찢긴 영혼 같은 동구 앞 회화나무
미친 듯이 가지를 흔든다

가녀린 흰 목덜미의 아가씨, 나는 공작의 막내딸이다
높이 올린 금발에서 빛나는 보석들
드레스 자락 밑으로 보이는 가죽 장화
야생의 줄무늬를 등에 가지고 태어난
내 혈관 속, 녹색 유전자가 수상쩍다
배가 점점 불러온다
귀족 놀음은 참을 수 없다
나는 머잖아 불목하니의 자식을 낳을 것이다
녹색의 피는 내게 말한다
이건 대재앙이야
금잔을 던져 유리창을 깨고 달려 나간다
성벽 너머 광야가 열린다
이끼가 뒤덮고 바윗돌이 굴러다니는 황무지
나는 아일랜드의 후예다
녹색 망토를 두르고

말의 둔부를 박차고 내달려 깃발을 꽂는다

무창포(無唱浦) 레퀴엠

그즈음 맹골 바다에는 물루미 떼가 리듬을 잠식했네
점액질은 바다의 건반을 훼방 놓고
빛깔 잃은 황금빛 자리돔은 물속을 부유했지
시건방진 계절 탓에
눈물이 무감한 날들
난 모른 척 탬버린을 찰랑댈 수 없었어
연두 이파리를 물고
리듬이 오선지를 떠나자
꼬리 잘린 음표들은 바다에 뛰어들었지
나지막이 소리를 죽이며 사라지는 눈동자들
노래가 못 된 아우성은 이팝꽃으로 하얗게 날아올랐네

리듬은 우는 것들의 핏방울
사월은 리듬의 젖가슴
먼 바다는 리듬을 잡아먹고
불룩한 배를 두드렸고
사월조차 시치미를 뗐네
바람은 예언을 했었지

리듬이 떠나면 오월은 오지 않는다고
아우성이 등대 불빛으로 돌아오기를
초록에 기대어 빌고 또 빌었네
손톱 발톱이 빠진 리듬은 북을 두드릴 수 없어
갈비뼈 사이에서 웅웅대다
회오리 물결 타고 청보리 속울음으로 피어나겠지

죽은 쥐 한 마리가
송장벌레 수십 마리로 돌아오는 순환도
속수무책
무창포 갯벌을 기어 다니며 리듬을 만드는
저 갯것들이 열여덟 웃음인 것을

양꼬치가 익어 가는 밤에는

사람아 아, 사람아*
양꼬치가 둥글게 익어 가는 눈 오는 밤
맑은 눈을 가진 사마르칸트인이 되어 보자
배신감으로 상처 입은 사람이 있다면
양꼬치나 돌리자고
따스한 말 한마디 눈빛을 얹어 주자
양꼬치가 익어 가는 밤에는
듣기 싫은 하소연도 귀 기울여 주자
귀 닫고 제 말만 하기 좋아하는 세상에서
하소연 듣는 귀는 얼마나 인내심이 필요한가
그래 그게 뒤통수치는 재미지
껄껄 연태 한 잔 부딪히면서
누린내가 구수해질 때까지
느긋하게 양꼬치나 돌리면서
질겅질겅 씹어 주자
잘했네 잘못했네 판단은 유보하고
상식이 통하지 않는 곳에서 얼마나 힘들었니?
지글지글 리듬에 맞춰 토닥토닥 등을 다독여 주자

창밖에 눈은 내리고

양꼬치가 익어 가는 밤에는

초원을 방석 삼아 둘러앉고

내가 망설인 결정을 남이 해 주니 고맙잖아

위로주를 권커니 잣거니

다 같이 말 달려 보자꾸나

귀가 지루해질 즈음엔 또 연태 한 잔 기울이고

숯불에 양꼬치를 돌리며

사람이 동물과 다른 건 딱 한 가지, 수오지심이잖니?

그래그래 맞장구 쳐 주자

더러운 기분을 한순간에 떨쳐 버리라고는 말자

유종의 미를 거두려 한 어리석음을 비웃고

착한놈 콤플렉스 따윈 던지라고 충고하자

마음이 빈곤한 자를 위하여 설국에서 보내 준 향유,

양고기 기름을 몸에 바르자

무장무장 나리는 눈발 속으로

향그러운 연태 향을 날려 보내자

냉소가 아픔을 보듬는 함박눈이 될 때까지 양재 숲으

로 가자

　앞으로 상처받을 사람을 위해

　따스한 배려 한 조각 오목가슴 깊숙이 건사하자

　잘 익은 양꼬치를 나눠 먹으며

　네 아픔이 내 아픔이 되도록

　저 창밖에 내리는 눈이 순결의 피안이다

　사람아 아, 사람아

　지금은 부끄러움을 알아야 할 때

　세상의 모든 상처를 품는 노마드의 밤이다

* 중국의 현대 작가 다이 호우잉의 장편 소설.

위험한 매혹과 위태로운 문장의 사이

김병호(시인 · 협성대학교 교수)

한 사람의 시인이 일생에 거쳐 완성한 전작이든, 어느 계간지 시평에서 다루기 위해 고른 한 편의 시든, 여하튼 시를 평가할 때 우리는 시의 자율적 기준만으로 그것을 정당하게 평가하기는 어렵다. 인간을 도외시한 예술의 자율적 기준은, 시에 있어 편협하고 조악한 미적 기준에 머물기 때문이다. 사실 시를 읽어 낼 때, 순수한 미적 기준만을 적용한다는 것은 그 자체가 비인간적 세계의 과정이자 그 일부일 뿐이다. 그런데 우리 평단의 흐름은 미적 자율성의 테제를 통해 타율적 평가에 대항하고 새로운 기준을 제안하기보다는 오히려 견고한 미학적 기준의 완성에 몰두하는 포즈를 감추지 않는다. 이전 시대의 고정된 기준, 항용의 정서를 전제로 심미적 형식을 재단하는 것은 위험한 일이다. 그리고 정선 시인의 시편들을 대할 때면 이러한 문제적 시점과 맥락의 경계를 선명하게 목격하게 된다.

등단 14년 만에 비로소 두 번째 시집을 내놓은 정선 시인은, 치열하고 원숙한 솜씨로 깊고 참신한 비유를 빚어내고 의미와 가치에 결속된 세계의 또 다른 이면을 보여 주는 데 능한 시인이다. 특히 그는 내면의 상처와 흉터를 애써 보여 주는 데에만 치중하는 것이 아니라 현재를 바라보는 어떤 징후로서 이것들을 살핀다. 정선의 시는 현대를 살아가는 영혼 잃은 이들에게 위험할 정도로 매혹적으로 다가선다. 역사적으로 살펴보자면 인류는 근대 이후 자유를 대가로, 연대와 질서의 보장된 토대를 상실한 사회를 맞게 되었고, 시인은 그 테두리 안에서 자아를 개인 안에 유폐시켜 버리는 우를 범하게 되었다. 현대 사회에 유폐된 개인들이 서로 간의 감정과 감정을 맞춰 보는 일은 오히려 심리적 방황과 혼돈의 원인이 되어 버렸다. 그런데 이를 간파한 정선 시인은 오히려 외로움과 고독의 감정을 자신만의 마성의 통로로 활용하여 심각하고 위태로운 우여곡절의 사랑을 그려 낸다.

그는 실체 없는 아름다움만을 탐하는 고상하고 탈속적인 가치의 자율적 기준에 기꺼이 저항하며, 불온한 가치를 옹호한다. 그리고 자신이 추구하는 가치를 투사하는 방식으로 과잉과 범람을 애용한다. 사랑에 대한 관념과 현실의 상호 작용 위에서 구축되는 현실의 진상에서 나아가, 현실의 표층에 가려진 내면적 진실의 사랑을 꿰뚫는 데 투신한다. 그의 작품에 나타나는 사랑에 대한 관념들은 예술의 도구적 지향을 위한 것이 아니라 시인의 지적 사유와 예술적 성찰에 의해 웅숭깊게 구현된 것들이어서 독자들은 정선 시인의 어느 시행에서 느닷없는 전율을 느끼게 되기도 한다. 관념적 추구를 철저히 하고 그 관념적 철저로서 마침내 사유의 숭고함을 자아내는 점이 바로 정선 시인의 독보적 가치기 발하는 지점이라고 할 수 있다.

정선 시인의 이번 시집 『안부를 묻는 밤이 있었다』가 갖추고 있는 미적 특질 중 하나는 전율의 공감이다. 일반적으로 감탄이라는 감정이 외부로 향한 자아 초월적 에너지를 전제로 하고 있다면, 전율은 감탄과는 반대로 그 에너지가 내부를 향하게 한다. 전율의 순간에 우리는 본능적으로 스스로를 단속하며 내부적으로는 수렴의 공간을 만들어 내게 된다. 이는 감상의 주체인 독자가 정선 시인의 작품에서 전율을 공감한다는 것이며, 자기 자신의 에고가 무너지는 순간을 경험하게 된다는 뜻이다. 전율에 의한 무너짐은 어떤 열기나 각성보다는 오히려 차가운 자기 성찰과 인지의 충격에 의한 것일 확률이 높다. 특히 정선 시인의 경우에는 말이다. 깊은 사유와 사색이 돋보이는 그의 시편들을 읽고 경험을 공유하게 될 때, 독자는 시인이 스스로를 초월하고자 하는 간절함의 전율을 느끼게 된다. 이

것은 단순한 인지적 충격과는 전혀 다른 차원의 것이다.

어떤 결정은 폭설처럼 덮쳤다

밤의 궁릉을 떠돌다 역설을 질문한다 도대체, 라고 묻기
도 전에 미세먼지 속에서 꽃들은 피어났고 어차피 꽃들은
금세 흐를 것이었다 위태로운 문장들이 수작을 걸었다 어차
피를 버리면 때 묻지 않은 아말피가 가까워진다고 그래 아
무것도 캐묻지 않는다면 머잖아 내 넓적다리에서는 사과가
열릴지도 몰라

뻥 뚫린 옆구리에 주먹을 넣어 본다 옆구리는 아직 덜 아
물었고 주먹은 더 이상 주장을 하지 않는다

사랑스런 아말피가 잠든 그곳에는 사심 없는 친절이 레몬
향으로 퍼졌다지 선글라스 속 음모도 태양으로 환하다지 목
적 없는 돌멩이들은 대가도 없이 밤새 온몸으로 노래를 부
르고 말이야

참담함도 모두 아름답게 장례하는

아, 말, 피.

사과를 버리자 내 곁엔 제자리에서 나고 자라고 죽는 나
무나 풀밖에 남지 않아 너도 그렇니? 벨벳혁명을 꿈꾸는 게
으른 자 아말피로 가자구

네가 베어 버린 온기

내가 짊어질 아픔

호의가 공기를 떠돌다 흔적 없이 사라지는 것을 여러 번

목격한 사람은 알지 미소 뒤의 폭력이 얼마나 끔찍한지를
파도가 들려주는 전설에 맞춰 네 잇몸이 기타를 칠 때까지
요긴한 것은 한 줌 혁명뿐

　내가 눈살을 찌푸리는 건
　그나마 너에게 여지가 있다는 신호지
　　　　　　　　　－「도대체에서 아말피까지」 전문

　전율을 경험한 독자는 자아와 세계와 인생을 이전과는
다른 시선으로 느끼는 환기를 경험하게 된다. 개인의 의지
로서 수습할 수 없는 내적 균열과 떨림 속에서 자기 존재
가 새로 열리며 솟구치는 진실한 시간을 맞이하게 되는 것
이다. 특히 그 대상이 '사랑'일 경우에 독자는 더욱 무방
비적 상황에 직면하게 된다. 시인은 이러한 상황의 절대적
인식을 '어차피'라는 운명 순응적 부사어를 비집고 '도대
체'라는 자기 의심형의 부사어 속에 숨겨 놓고 있다. "참담
함도 모두 아름답게 장례하는" 아말피에서 시인은 깊은 자
기 통찰과 엄격한 자기 점검, 자기 고백에 몰두한다. '미세
먼지 속에서도 피어나는 꽃'의 운명을 더 이상 의심하지 않
고 '사심 없는 친절'과 '호의'마저 버린다.
　'아말피'는 단순히 풍광이 아름다운 이탈리아 남부의 대
표적 휴양지가 아니다. 그곳은 결정된 운명인 '어차피'를 버
릴 때만이 닿을 수 있는 곳이다. "네가 베어 버린 온기"와

"내가 짊어질 아픔" 속에서 "위태로운 문장"은 수작을 걸고, 시인은 자신의 시와 자신의 혁명에 치열한 탐구와 헌신을 한다. 이는 사랑에 대한 순교와 다르지 않다. 돌멩이마저도 목적과 대가 없이 밤새 온몸으로 노래를 부르는 곳에서 시인의 "넓적다리에서는 사과가 열리"는 일은 그리 낯선 일도 아니다. 아름다운 장례와 혁명은 결국 하나의 동질적 세계를 지향한다. 피를 흘리지 않고 평화적으로 이룩한 혁명의 대명사인 '벨벳혁명'에서 우리는 오히려 더욱 치열함을 느끼게 된다. 차가우면서도 맑은 공포와 같은 떨림과 깨달음은 어떤 비장미까지 유발하며 독자로 하여금 자기 성찰의 충격을 가능하게 한다. 그것이 시인이 선택한 사랑이기 때문이다. "제자리에서 나고 자라고 죽는 나무나 풀"은 "미소 뒤의 폭력"처럼 시인의 탁했던 내면을 트이도록 한다. 그러나 폭설처럼 덮친 '어떤 결정' 속에서도 시인은 '너'를 버리지 못한다.

시인은 그것을 "너에게 여지가 있다는 신호"로 읽히길 원하지만 우리는 그것을 '미련'으로 읽는다. 스스로 벨벳혁명을 꿈꾸는 게으른 자가 되기를 원하는 시인에게, 사랑은 순장의 대상이며 혁명의 대상이 되고 있다.

다음의 작품에서 우리는 시인 정선이 지닌 사랑에 대한 집념을 더욱 구체적으로 살필 수 있다.

　　볼기가 이쁜 남자를 사랑했던 것은

신념이 그 볼기에서 빛났기 때문이지
청바지 밖으로 튕겨 나오던 탱탱함
사자 무리를 쫓고 누고기를 뺏어 오던 아프리카 부족처럼
바람과 맞짱뜨며 거리를 활보했기 때문이지
내가 존경하던 당신의 신념은
누대로부터 지켜 오던 대밭에서 나오는 거라고 확신했지
푸른 즙이 뚝뚝 떨어지면
당신의 볼기는 탄력이 배가되었는데 그만
바람과 수작하던 그날
다물어지지 않은 당신의 입에서는 침이 질질
나는 대나무가 휘어져 꺾이는 소리를 들었지
오늘은 쭈글해진 당신의 볼기짝을 안주로 씹어 보겠어
맛깔난 볼기란 양 볼기짝이 바람까지 물어뜯는
쫀득한 진품을 말하지
당신의 볼기가 한물간 징후는
바람으로 문장을 갈기는 날부터임을
즉, 혀에서 근성이 빠져나갈 때부터임을
볼기는 헤부작 넙데데 탄력을 잃고 말았어
  그것은 입술의 찰진 탄성과 괄약근의 조임과 무관하지
않더군
  배출이 헤퍼진 괄약근은 슬프지
  당신마저도 돌보지 않아 악어 눈꺼풀처럼 처진
  신념과 굴신의 간격에서 갈팡질팡하는 볼기짝을

노을 바라보듯 요구하는 건 형벌이지

자, 지금은 조일 때

바람을 빼고 두 볼기짝에 근성을 불어넣자고

볼기가 푸른 신념을 퉁길 때

사랑도 탱탱하게 구르는 법

당신의 볼기를 바라보는 일이 고통스러워

불량하게

내 염통엔 대나무꽃이 피고 있다

    －「볼기의 탄력이 떨어질 즈음 사랑도 끝났다」 전문

  시인에게 "청바지 밖으로 튕겨 나오던" 탱탱함은 외설이 아니라 신념이다. 거리낌 없이 세상에 맞서는 존재만이 지닐 수 있는 신념의 탱탱함. 휘어져 꺾일지언정 목숨처럼 지켜 온 신념은 누대의 유산이기도 하다. 그런데 시인은 그랬던 당신이 이젠 한물갔다고 한다.

  시적 자아가 짐짓 감추지 못하는 전율 속에서 오히려 공감을 느끼게 되는 독자는 내적 전변을 경험하게 된다. 강한 전율의 공감이라기보다는 존재의 전환에 가까운 체험이다. 얼핏 보면 시적 자아와 당신이 펼치는 사랑의 담론 같기도 하지만, 실상은 당신이 지닌 사랑의 신념에 대한 시적 자아인 '나'의 감응에 가깝다. 무반성적이고 모순투성이인 사랑을 전경화시키면서 그것의 진정한 치유를 기대하는 나의 자세는 너무나 간절하다. 전경화된 시인의 풍경 안에서 우리는 전율의 공감을 느끼며 시인의 감각적 문장을 기꺼이 만끽하게 된다.

"오늘은 쭈글해진 당신의 볼기짝을 안주로 씹어 보겠어/맛깔난 볼기란 양 볼기짝이 바람까지 물어뜯는/쫀득한 진품을 말하지" 시인의 이러한 감각은 독자의 이완된 내면에 강한 충격을 안기는 동시에 긴장과 더불어 개별적 재생의 시간을 제공한다. 사랑이 지닌 각각의 양상이 '볼기짝'에 수렴되면서 사랑의 신념이 지닌 참신함과 황홀감을 다시금 떠올리게 한다. 그간 우리가 지닌 신념은 얼마나 무난하고 진부했던가. 벼락처럼 감전되는 이 감각적 공감 앞에서 우리는 다시금 내면의 강렬한 전율을 맞이한다. 이러한 공감에는 사랑에 대한 이해가 전제되어 있다.

사랑과 신념에 대한 시적 자아의 담론 앞에서 독자는 주체적 자아를 축소하고, 물러서게 하면서 자기를 초월하려는 시인의 태도와 자세를 적극적으로 긍정하는 마음의 자세를 갖춘다. "신념과 굴신의 간격에서 갈팡질팡하는 볼기짝"은 시적 자아의 것이 아니라 당신의 것이라는 점이 더욱 문제적이다. 시적 자아는 자기중심적 유아에서 비롯된 이해에서 벗어나 당신과의 냉정한 공존을 인정하면서, 당신의 신념을 고통스럽게 받아들인다. 이는 주체의 패배나 앞선 시에서 표현한 '어차피'의 차원을 초월하게 된다. "내 염통엔 대나무꽃이 피고 있다"는 진술을 통해 시인이 객체의 자아 확장을 시도하면서 역으로는 주체의 자아 확장을 시도하고 있음을 엿볼 수 있다. 이는 '당신'이 시적 자아의 또 다른 표정이기 때문이다. "자, 지금은 조일 때/바람을 빼고 두 볼기짝에 근성을 불어넣자"는 시적 자아의 진술은 시행 속에 숨어 있었던 억압감을 해소하고 일말의 적극성을 획득하면서 오는 통쾌함을 선사해 준다. 결국 '나'가 '당신'이며, 우리이기 때문이다.

　　당도했다
　　내 11월의 변방에
　　접는다 어지러운 촉(觸)들
　　빠져나간다 빌미들
　　정강이를 걷어찬다 해찰들
　　종묘 돌담을 끼고 돌아 혜화로
　　어슬렁어슬렁 어슬렁

　　눈썹 하나에 모독들
　　눈썹 하나에 회오리들
　　눈썹 하나에, 눈썹 하나에…
　　떨군다
　　뭉개진다
　　가슴 아픈 간격들
　　비로소 나는 가을문둥이

안부가 비껴가자
그물에 걸린다 연애의 가능성들
주파수를 변경하는 침묵들

11월은 살진 나무늘보
젖은 이파리 하나 들추며
어슬렁어슬렁 어슬렁
엉덩이를 턴다 절정들
솟아난다 쇄골들

바라볼 그곳이 꺼져도
사랑할 그 무엇이 사라져도
기어 나온다 궁극들
피어오른다 비율(非律)들

                                   – 「어슬렁어슬렁 어슬렁」 전문

  시어는 다른 장르의 문장에 비해 상대적으로 자기 고백적 측면이 강하다. 이는 아무래도 시라는 장르적 영향이 적극적으로 반영되기 때문이기도 하다. 하지만 시에 사용되는 언어들은 시인의 내외적 그리고 의식과 무의식적 검열의 과정을 거치기 마련이다. 따라서 시어에는 시인이 대상에 대해 생래적으로 가지게 되는 성찰 반응 태도와 실체감이 드러날 수밖에 없다.

가을과 겨울의 외롭고 고독한 경계에서 시인은 다시금 사랑을 찾아 헤맨다. "어슬렁어슬렁 어슬렁" 감각을 잃고, 이유를 놓치고, 하이에나처럼 아니 겨울을 앞둔 '가을문 둥이'처럼 헤맨다. 세상의 모독과 혐오를 물리치지 못하고, 떨구고 뭉개진 상태로 시적 화자는 사랑의 본질에 깊이 다가서려고 한다. 그러나 앞에 놓인 세상은 모독과 침묵이 만들어 낸 이중적 부재의 현실. 시인의 또 다른 내면의 풍경이다. 시인은 이에 굴하지 않는다. 어슬렁어슬렁 사랑의 촉, 연애의 가능성을 품고 다시 움트기를 시도한다. 단절과 우울의 폐쇄적 상황에서 어설픈 화해를 도모하지도 않는다. 그가 바라는 것은 세속적 행복의 절대화나 불임의 절망이 아니라 자기 소외의 삶의 진실을 담담하게 인정하고 그 한복판으로 직입하는 자세이다. 그것이 사랑의 자세라 믿기 때문이다. 주변만을 맴도는 사랑의 방식, 본질보다 커다란 공허의 사랑, 핵심보다 주변이 위축된 삶의 풍경을 목도하면서도 시인은 온전한 사랑을 꿈꾼다. 그것은 갈증이다.

대상으로서의 사랑을 지우고 그 자리를 대신하는 궁극들. 결국 사랑에 대한 집요한 성찰을 통해 시인은 안과 바깥, 본질과 주변이 나누어지지 않은 온전한 비율(非律)적 사랑을 어슬렁거린다.

11월은 가을이나 겨울보다 더 외롭고 근원적인 시기이다. 시적 자아가 변방의 시간이라 명명했듯, 변방의 소멸

속에는 사랑에 대한 반성적, 지적 사유가 내재된 서정으로 자리한다. 떨어지고 뭉개진 사랑의 흔적들, 엇갈린 주파수와 같은 안부들 사이에서 시적 자아는 사랑을 포기하지 않는다. 이는 우리가 아는 고전적 서정과는 결이 다른 풍경이다. 우리는 정선 시인만이 만들어 낼 수 있는 이 풍경에서 서늘한 감동이라 부를 만한 전율이라 느낀다. 그리고 진부해진 내면을 더욱 긴장시키며 시적 자아의 궁극, 사랑의 열망을 다시금 응원하게 된다.

햇빛이 하루 소임을 다할 때
숨죽인 짐승처럼
보라는 서녘 하늘에 제 거친 숨을 토해 낸다
한 호흡에는 열정을
한 호흡에는 절망을
그 많은 호흡들이 갈 곳을 몰라
때로는 먹구름으로 헤매고
때로는 뜨거움을 바다에 쏟으며 통곡하는 것을
바람은 뜬눈으로 기록한다

지산동 1975장 마당 높은 집
보라는 자꾸만 디근자형 마당으로 흘러간다
뭐슬 잘혔다고 워디서 본데없이 햄부러
죽어도 나는 성님이라고 못 불르겠소

기어이 엄마의 머리채를 휘어잡던 그 여자
어허이 뒷짐 지고 헛기침만 하던 아버지
불룩한 배를 내밀며 퐁퐁다리를 건너가던
본데없는 년 울 엄마를 몬당허게 본 년
그 팔뚝을 물어뜯지 못한 열세 살 아이

보라는 도드라진 흉터와 기억들의 불순물
한 열정의 붉음과
한 절망의 푸름과
진흙탕을 뒹굴다 바닥까지 납작 엎드린 후
증오의 순도 깊숙이
염통의 피가 화학적 촉매제로 반응한
보라!
혹자는 애증이라 부른다
조금만 증오를 걷어 내면 붉은 기와가 붕어처럼 퍼덕거려
제 처마를 잃어버리는 경계의 위태로움
차마 발설하지 못한 울타리의 배후
지금 코모도 걸음으로
느릿느릿 애증의 저녁이 온다
감정이 녹아 있지 않은 얼굴 위에 흐르는 빛
오랜 기다림 끝에 보라가 운다

날것의 보라

격렬한 후 쓰리다

                                      - 「보라는 아프다」 전문

앞의 시편들에서 살펴본 것처럼 시인은 생래적으로 사랑의 희열이나 낭만보다는 애증이나 갈증에 더 몰두하는 모습을 보인다. 시인의 이러한 태도는 어디에서 기인하는 것일까. 어쩌면 그의 생에 결정적 전기(轉機)를 준 감전 체험이 있었던 것은 아닐까. 한 인간의 삶이, 그 개인의 고유한 개별 의식과 그를 둘러싼 선경험적 환경 사이에서 창조되는 것이라 할 때, 그의 삶의 한 축이었던 '엄마'를 통해 감수한 삶의 전율에서 시인은 결코 자유로울 수는 없다.

시행 곳곳에서 암암리에 드러나는 시적 자아와 엄마의 연대감은 오히려 동일성에 가깝다. 자아와 엄마 사이에 틈 없이 전일성이 부드럽게 성취되어 사랑에 대한 동질이 정서를 공유하고 있기 때문이다. 어지러운 외부 갈등에 자아와 엄마는 마치 에로스적 합일이나 일종의 동지애와 같은 교감을 느낀다.

시적 화자는 사랑의 가장 큰 속성으로 애증을 삼는다. 그가 감동과는 다른 차원의 전율에 집착하는 까닭도 이러한 맥락에서 크게 벗어날 것 같진 않다. 섣부른 판단임에도 불구하고 우선 시인은 이전 작품들과는 다르게 자기 영역에서의 사랑, 구체적 형상을 작품으로 형상화해 낸다. 특히 2연에서 펼쳐 내는 문제적 장면은 강한 인상을 남긴다. "기어이 엄마의 머리채를 휘어잡던 그 여자"와 "어허이 뒷짐 지고 헛기침만 하던 아버지"와 본데없는 년의 "팔뚝을 물어뜯지 못한 열세 살 아이"와 그의 엄마. 그들은 색바랜 사진처럼 보랏빛 석양을 배경으로 그려져 시적 화자에게 암화(暗花)되어 있다.

사랑의 열정과 절망, 뜨거움과 먹구름은 열세 살의 아이에게 흉터와 불순한 기억으로 새겨져 있다. 그래서 그 증오와 애증, 그 경계의 위태로움을 감지한 시인의 내면은 온통 보랏빛으로 쓰리다. 어린 화자를 감전시킨 비극적 체험은 그 울림의 정도가 상당하다. 그것은 사랑에 대한 인식을 극단적이고 절대적으로 만들 만큼 강렬하다. 그러나 이러한 진단은 시인이 사랑에 대해 순수하지 않거나 순정하지 않거나 진정하지 않다는 의미가 아니다. 이는 일종의 비극적 황홀이며 사랑에 대한 비극적 의식이 시의 미학적 의식과 맞물리면서, 시인 정선만이 설정 가능한 이상적 지점이라는 것이다. 시인이 사랑을 상상하고 그리워하거나 스스로를 단절시키고 분열을 시도할 때조차, 우리는 시인이 지닌 사랑의 깊이와 높이를 초월할 수 있다. 정선은 감히 사랑의 비극적 황홀을 몸으로, 혹은 시적으로 살아 낸 시인이기 때문이다.

어떤 꽃은 증오로부터
어떤 꽃은 교만함으로부터

엄마가, 치매가 왔다
벽을 긁어 대며 꽃들을 의심한다
엄마의 상상 속에서
피다 만 꽃들은 뭉개졌다
내 검은 바람벽에 찬 서리 내려
어깨가 운다
앙다문 입술로 내 바람벽에 기댄 장다리도
봄날을 퍼렇게 운다
저 꽃자리는 제 속 피멍 든 궤적
묵묵히 말을 참은 바람의 시치미

어떤 꽃은 자궁으로부터
어떤 꽃은 늑골로부터

돌아보면 꽃들에게 호흡 한 번 나눠 준 적 없고
따스한 눈빛 한 번 얹어 준 적 없다
염치없이 꽃숭어리에 뒤늦은 애정을 쏟으려 한
죄, 붉다
슬픈 자궁으로부터 꽃이 피고 웃음이 핀다면
나는 장다리밭에서 색맹이 될 것이다
누군가의 고통으로 저리도 환하게 봄이 달려온다면
나는 욕됨을 무릅쓸 것이다

바람이 조용히 몸 바꾸는 소리

야차굼바,
무릎을 꿇어야만 내게로 오는 것들
설산을 기어 다니다 곪아 터진 문장들
꽃으로 너덜너덜하다

봄은
함부로 즐기는 게 아니다

봄은,
몸을 낮춰 굽어보는 것이다

                  – 「봄을 맞이하는 자세」 전문

    사랑과 시에 대한 시인의 자세를 보여 주는 작품이다.
이 작품에서도 시인 정선이 보여 주는 사랑에 대한 순정
은 여전하다. 사랑은 집착할수록 아픔이 되는 것임을 빤
히 알고 있으면서도 시인의 굽히지 않는 순정은 매번 설레
면서, 마음 한쪽을 슬그머니 짓누른다. 표면상으로는 '엄
마'의 이야기이지만 실은 '나'의 이야기다. 시적 화자는 "호
흡 한 번 나눠 준 적 없고/따스한 눈빛 한 번 얹어 준 적
없"는 사랑을 반성한다. 동시에 화해를 시도한다. 이 화해

는 대단히 치열하면서도 결이 순조롭고 깊이를 갖추고 있다. "무릎을 꿇어야만 내게로 오는" 사랑과 "설산을 기어다니다 곪아 터진" 시를 앞에 두고 시인은 자신만의 각오를 되새기기 때문이다.

그것들을 함부로 즐기지 않고 "몸을 낮춰 굽어"보겠다고, 그래야 진짜 '봄'이라고 말한다. 이번 시집에서 시인은 집요하고 지속적으로 사랑과의 화해를 시도하지만, 아마도 이것은 시인이 평생 풀어내야 할 인생 최대의 난제일지도 모른다. '증오'와 '교만' '피명의 궤적'에 대한 경험과 이해만으로 완성되지 못하는, 사랑과의 화해는 결국 시인의 내질(內質)을 결정하는 중요한 요소로 작용한다.

시인이 이야기하는 야차굼바, 흔히 동충하초로 불리는 버섯은 곤충의 시체에 기생하다 꽃처럼 피어난다. 죽음 한가운데서 새롭게 얻는 생명, 그것이 시인에게는 봄이고 사랑이어서 시인은 사랑을 멈출 수가 없다. 욕됨도 무릅쓴다. 엄마의 치매도 받아 낸다. 그렇게 시인은 사랑도, 시도, 봄의 환한 빛으로 맞고, 깊은 데서부터 우러나는 봄빛으로 시를 얻고자 한다. 아프고 외롭고 증오스럽기까지 했던 그의 사랑이, 결국은 매혹적일 수밖에 없는 일종의 알리바이인 셈이다.

시를 읽는 우리는 항상 새로움을 갈망한다. 이전의 시적 흐름과는 다른 방향으로 이탈하거나 탈주하여 새로운 언어로 새로운 감수성과 상상력으로 이전과는 다른 수사학과 미학 구조, 사유 체계의 구현을 기대한다. 이러한 시도들이 우리 시단의 엄연한 현실이자 현상이다. 물론 이러한 시도의 대척점에는 소재와 언어의 선택, 감수성과 상상력에서 기존의 주된 시적 흐름과 가깝게 맥을 대고자 하는 흐름이 분명 있다. 어느 시대이든 항상 이 두 흐름이 정반합의 위치로 전개되어 가기 때문이다. 이는 개인의 창작과정에 있어서도 마찬가지다.

그러나 정선 시인은 그의 첫 시집『랭보는 오줌발이 짧았다』에서부터 과감하게 자신만의 세계를 선보였다. 스스로를 갱신하며 낯선 새로움이 익숙한 것이 되지 않도록 스스로의 흐름을 창출하고 구축하는 데 게으르지 않았다.

이번 두 번째 시집『안부를 묻는 밤이 있었다』가 그 생생한 증거이다. 범속한 일상의 사랑에서부터 형이상학적 사랑까지 거침이 없다. 일종의 모험이라고도 할 만하다. 특히 사랑이라는 명제로 타자화된 것들을 시의 영역으로 적극 끌어들여 다양하고 감각적인 사랑의 양상을 펼쳐내는 무한 증식의 확장도 시인 정선만의 몫이라고 할 만하다. 고정된 기존의 감수성과 상상력, 사유 체제로는 다가설 수 없는 신선한 자극과 충격이 그의 시의 전제 조건이기 때문이다. 그래서 대상을 바라보는 시인의 시선과 사랑에 대한 사유와 감수성은 여타의 시인들과 달리 크고 다채롭다.

정선 시인은 대상에 대한 시적 이해를 선행하기 위해 대상에 대해 적극적이고 포용적이며 긍정적인 포즈를 취한다. 특히 그 대상이 사랑일 때, 시인은 그 존재나 담론 앞에서 시적 주체로서의 자기를 축소하고, 한 걸음 물러서서, 자기를 초월하는 자세를 잃지 않는다. 사랑에 대한 자아 중심적인 이해가 아니라 사랑으로서의 주체와 대상 사이의 냉정한 공존을 이해하고, 오히려 그것을 자발적으로 받아들이는 태도가 돋보인다. 사랑을 통한 자발적 자기 초월의 의지와 풍경은 우리 시에서 지극히 귀한 진경이다. 이는 시집 『안부를 묻는 밤이 있었다』에서만 목격 가능한 시적 태도와 방식이며, 사랑을 주체의 자아 확장으로 실현하려는 시인의 지난한 의지이며, 우리가 정선 시인을 눈여겨 살펴야 하는 이유이다.

시인수첩 시인선 023

안부를 묻는 밤이 있었다

ⓒ 정선, 2019

초판 1쇄 인쇄 2019년 4월 16일
초판 1쇄 발행 2019년 4월 30일

지은이 | 정선
발행인 | 강봉자·김은경

펴낸곳 | (주)문학수첩
주 소 | 경기도 파주시 문발로 214-12(문발동 511-2) 출판문화단지
전 화 | 031-955-4445(대표번호), 4500(편집부)
팩 스 | 031-955-4455
등 록 | 1991년 11월 27일 제16-482호

홈페이지 | www.moonhak.co.kr
블로그 | blog.naver.com/moonhak91
이메일 | moonhak@moonhak.co.kr

ISBN 978-89-8392-743-9 03810

「이 도서의 국립중앙도서관 출판예정도서목록(CIP)은 서지정보유통지원시스템
홈페이지(http://seoji.nl.go.kr)와 국가자료공동목록시스템(http://www.nl.go.kr/
kolisnet)에서 이용하실 수 있습니다.(CIP제어번호: CIP2019011335)」